P. DARASSE

LÆTA MOESTA

POÉSIES

Prix : 2 francs.

PARIS
LIBRAIRIE DU XIXe SIÈCLE
10, RUE DE LA BOURSE, 10

1873

LÆTA MOESTA

Paris. — Typ. Georges Chamerot, rue des Saints-Pères, 19.

P. DARASSE

LÆTA MOESTA

POÉSIES

PARIS

LIBRAIRIE DU XIXe SIÈCLE

10, RUE DE LA BOURSE, 10

1873

PRÉFACE

Lecteurs, ou plutôt lectrices, qui ne savez pas le latin, je dois vous dire que *læta* signifie gais, et *mœsta* tristes ; et, de fait, parmi les sonnets libres et autres poëmuscules ci-inclus, il s'en trouve autant de joyeux que de mélancoliques.

Comme je n'ai d'autre but, en publiant ce recueil, que de distraire un instant vos esprits assombris par le spectacle des choses de notre temps, j'ai eu soin de mettre ensemble et à part les mélancoliques, *mœsta :* donc, ceux d'entre vous qui, semblables au bon Panurge, font peu de cas des plaintes des dolents et contemplatifs amoureux ou des remontrances amères des philosophes toujours geignant contre le pauvre monde, pourront s'en tenir aux *læta* et par ainsi éviter de choir en tristification. Il n'est pas donné à tous de connaître l'âcre volupté du chagrin.

Seulement, soyez indulgents, je vous prie, pour l'auteur, votre serviteur.

P. DARASSE.

I. — MŒSTA

PORTRAIT DE L'AUTEUR.

Semblable au Juif errant qui va par tout chemin
Traînant sous le soleil sa marche monotone,
Pâle et le teint flétri, couleur de parchemin,
Je porte tristement le poids de mon automne.

Je suis distrait, rêveur, toqué, dit-on; demain
Peut-être fol! — Et si, de ma voix qui détonne
J'ose encore chanter, c'est que le lendemain
D'être plus vieux qu'hier naïvement s'étonne,

Et que jusqu'à la mort, sombre désillusion,
Comme un noyé sa branche on garde une illusion.
Cependant, à travers ce monde et ses mensonges,

J'ai tant, tant voyagé, que déjà mon manteau
N'est plus qu'une guenille, et mon portemanteau
N'est plein que de regrets, de larmes et de songes.

DÉDICACE.

A MADAME X***.

Cela fait toujours bien de mettre à Madame X. ;
On donne à supposer qu'on est chéri des dames,
— Ancien style, — ou du moins par une : auprès des femmes
On passe pour le Dante aimé de Béatrix.

Si quelque esprit malin et flairant un mystère
Dans ce livre tout chaud de sonnets amoureux,
Prétend qu'en plaisantant on dissimule mieux
Et que j'ai dans le cœur un amour qu'il faut taire,

Libre à lui de chercher, je n'en ai point souci ;
Et, s'il est une femme à toutes préférée,
Heureuse en me lisant de se voir adorée,

Une bouche à baiser qui dise un doux merci,
Seul je veux savourer cette ivresse secrète.
— Quant aux vers, je permets qu'on raille le poëte.

LA CHIMÈRE.

La chimère un jour mit un baiser sur son front
Comme on marque d'un sceau l'homme lige en servage;
De ce baiser fatal, malgré le temps et l'âge,
Le souvenir survit dans son regard profond.

C'est qu'il porte en son cœur l'éternelle pensée
De l'Éden entrevu, mystérieux autel
Sur lequel en secret dans un doux rituel
Écrit avec ses pleurs l'idole est encensée.

Seul il a parcouru les vastes continents
Et les mers où jamais l'horizon ne s'achève;
Un astre le guidait de ses feux rayonnants.

S'il rencontre la mort en marchant dans son rêve,
Peut-être sur sa tombe une amie écrira :
S'il ne fut pas heureux du moins il espéra.

LE MARTYR.

Je voyais que l'amour envahissait son être
Plus puissant que la sève aux ardeurs du printemps,
Et je lui dis : Ami, prends garde, car peut-être,
Peut-être que demain il ne sera plus temps.

La femme c'est le sphinx, la tigresse tapie,
Qui, tandis que tu vas vers elle confiant,
Allonge doucement sa griffe qui t'épie
Et darde sur sa proie un regard flamboyant.

Mais lui, déjà vaincu, me répondit : Qu'importe !
J'espère la toucher tant mon amour est forte;
Sinon, muet martyr, je subirai mon sort.

Ce qu'on fait pour son Dieu, je le ferai pour elle ;
Il suffit que j'obtienne un pleur de la rebelle
Qui verra que j'ai su l'aimer jusqu'à la mort.

LA MAIN.

C'était l'heure voilée alors que le jour tombe;
Nous nous taisions tous deux, quand sur le guéridon
Qui seul nous séparait, sa main, blanche colombe,
Se posa doucement dans un mol abandon.

La mienne était auprès, timide, frémissante;
Rampant comme à l'affût, lentement j'avançais;
Je voyais vaguement sa tête si charmante,
Son cou, rayon dans ombre; éperdu, je voyais

Son sein, flot amoureux, haleter plus rapide,
Quand soudain, échangeant un long regard humide,
Aux ardeurs du désir, ivre, je succombai;

Alors, pressant sa main dans une étreinte folle,
Je voulus lui parler sans trouver de parole
Et, tout brisé d'amour, à ses pieds je tombai !

INQUIÉTUDE.

L'aube paraît au haut des monts
Et met en fuite la nuit sombre ;
Le soleil monte aux cieux profonds
Et la clarté succède à l'ombre.

Avril revient, les oisillons
Font entendre leur gai ramage ;
Le blé verdit dans les sillons,
Le printemps rit dans le feuillage.

Ainsi j'avais vu dans vos yeux
L'amour, astre mystérieux,
Briller comme une aube naissante,

Et mon cœur plein d'enchantements
Croyait au retour du printemps :
M'avez-vous donc trompé, méchante ?

SUB SYLVA.

C'est là ; voici l'endroit ombreux et solitaire
Où tous les jours je viens ; aussi, j'y suis connu ;
On m'accueille en ami : le chêne légendaire
Et le bouleau coquet au feuillage menu,

L'oiseau pic au long bec et qui bat la mesure
Au pinson qui fredonne et ne l'écoute pas,
L'écureuil saltimbanque et la blanche turture,
Les fourmis dont vers moi s'avancent à grands pas

Les députations, tous guettent m. venue ;
Comme ils m'ont vu pleurer ils savent mon secret :
J'ai révélé son nom même au merle indiscret.

Aussi, me voyant gai, la fauvette ingénue
Hier osa me dire : On t'aime donc enfin ?
Et moi j'ai répondu : Tu le sauras demain.

RÉPONSE A LA FAUVETTE.

Ah ! fauvette mignonne, hier je t'ai promis
Qu'aujourd'hui tu saurais si l'on m'aime : or, écoute !
Apprends que sur mon front radieux elle a mis
Un baiser; mon bonheur est si grand que j'en doute !

Elle a mis un baiser sur mon front radieux
Et, comme on voit la nuit s'enfuir devant l'aurore,
J'ai senti que soudain un passé douloureux,
Tout un passé de pleurs dont je frémis encore,

S'enfuyait loin de moi pour ne plus revenir,
Et qu'à l'attouchement de sa lèvre bénie
Mon âme renaissait pour un autre avenir !

Ainsi, dans son linceul, après son agonie,
Après qu'on eut chanté l'hymne saint de l'adieu,
Lazare se dressait sous le souffle d'un Dieu.

A M. F. B.

La Bruyère l'a dit et c'est la vérité,
Toujours la pierre tombe et la flamme s'élève,
Toujours l'homme est méchant. — Sombre fatalité !
Sur l'abîme penché le philosophe rêve;

Il croit au bien, il croit au progrès éternel;
Il s'écrie : Eurêka, j'ai le mot du mystère ;
C'est moi qui vais donner le bonheur à la terre;
Elle apprendra de moi le baiser fraternel ! —

Hélas ! martyr aveugle et qui marche au supplice,
Qu'il aille donc prêcher l'amour et la justice !
Tôt ou tard les lions, rebelles à la voix,

Dévorent leur dompteur; c'est ainsi que nous sommes :
Socrate a la ciguë et le Christ a sa croix :
Pourquoi s'avisaient-ils aussi d'aimer les hommes !

FLEUR BLESSÉE.

J'aime une fleur, non pas cette rose éclatante
Qui pousse aux premiers feux du soleil de l'été,
Fraîche, mais sans parfum, étalant, insolente,
Dans nos jardins banals sa vulgaire beauté :

Non, la fleur que j'adore est pâle et solitaire;
L'orage l'a blessée, et les vents querelleurs
Ont meurtri son calice incliné vers la terre,
Plein de gouttes de pluie et qui semblent des pleurs.

Que ne puis-je au pays que le zéphyr caresse,
Pauvre fleur, t'emporter et, sous des cieux cléments,
Ranimer ta langueur par mes baisers ardents !

Pourtant, je t'aime ainsi : penchée avec tristesse,
Tu parais partager ma douleur et souffrir
Du mal mystérieux dont je me sens mourir.

HORATIUS FLACCUS.

Sunt quos curriculo dans les Champs-Élysées
Aiment à parader conduisant leurs chevaux ;
Multos castra juvant et les croix étoilées,
La fanfare guerrière et l'aigle des drapeaux ;

Illum si propriis condidit en ses caisses
Des rouleaux d'or cachés dont il ne jouit pas ;
Hunc cum mulieribus publicisque drôlesses
Festine follement ; sic trahit voluptas.

Moi, lentus in umbra, bercé par le murmure
Du fleuve à l'eau profonde et par le gai susurre
Du vent qui chante et joue avec le peuplier,

Confiant au hasard ma barque paresseuse,
J'écoute roucouler la palombe amoureuse
Sous le ciel calme et pur, et, seul, j'aime à rêver.

ABSENCE.

Le ciel est triste, il pleut, mais plus triste est mon cœur,
Car celle que j'aime est partie ;
Elle est partie, et seul, enfiévré de douleur,
J'erre par la ville endormie.

Un autre a son regard, son sourire d'enfant,
La grâce de son doux langage ;
Moi, des pensers jaloux m'assaillent par moment,
Éclairs dans une nuit d'orage.

Des couples attardés rentrent chantant l'amour,
Tandis que les catins, Vénus de carrefour,
M'insultent de leur offre obscène ;

Et, pauvre fou, perdu dans mes ennuis profonds,
Vaguement je m'arrête à voir du haut des ponts
Couler l'eau noire de la Seine.

L'AVEU.

Je craindrais de te perdre, as-tu dit, et mon âme
A bu ce tendre aveu ; mais, en disant ce mot,
Tu te trompais deux fois ; oui, noble et douce femme,
Tu t'estimais trop bas, tu m'estimais trop haut.

Il faut l'onde au navire, à l'aigle il faut l'espace,
Aux moissons le soleil, la caresse à l'enfant ;
Moi, pour vivre, il me faut ton sourire, ta grâce,
Ton regard, double éclair, ta voix qui semble un chant.

Le serf a son seigneur et le corps a son ombre ;
Je suis ton serf, ton ombre, et quand viendra le jour
Où fuira de mon ciel l'astre de ton amour,

Quand tout s'écroulera pour moi dans la nuit sombre,
Alors, oui, tu pourras dire : Je l'ai perdu,
Car la mort me prendra, dans ses bras, éperdu.

MADRIGAL.

Je tiens fraîche rose en mes doigts
Et je rêve de toi, mignonne ;
La rose porte une couronne
Et de beauté Dieu la guerdonne,
Mais plus belle tu m'apparois.

Et cette goutte de rosée,
Perle sur la feuille posée,
Qui brille et reflète les cieux,
Brille-t-elle comme tes yeux ;

Tes yeux profonds où lorsque j'ose
Regarder, je lis douce chose,
Et qui, mon âme pénétrant,
Me charment en me torturant.

Et le parfum que je respire
En me penchant sur cette fleur,
Vaut-il celui dont ton sourire
Et tes grâces qu'on ne peut dire
Enivrent mon trop faible cœur !

———

REPROCHE.

Vous m'avez dit que j'aimais moins ;
Pourtant les fidèles années,
Mortes à l'oubli condamnées,
De ma tendresse sont témoins.

Si ces mortes pouvaient, madame,
Ma longue peine vous conter,
Vous n'oseriez pas répéter
Ces mots dont a pleuré mon âme.

Au seuil d'un impossible amour
J'avais lu dès le premier jour :
« Ici, laissez toute espérance. »

Puisque j'ai subi cette loi
Sans me plaindre, au moins laissez-moi
Le mérite de ma souffrance.

LO SCHIAVO.

La neige étend au loin son froid manteau d'hermine ;
Tristesse et deuil, tout meurt, et l'insecte et la fleur ;
Puis le printemps revient, la nature divine
Recommence son chant d'amour et de bonheur.

Dans l'effroyable nuit la tempête déchaîne
Sa colère fatale aux pâles matelots ;
Mais l'aube reparaît riante et qui ramène
L'azur aux cieux sereins, le calme aux sombres flots.

Ainsi lorsque je songe, ô Dame inexorable,
A ce constant refus qui me brise et m'accable,
Mon cœur jaloux se glace ou gronde révolté ;

Et quand tu m'apparais, quand je vois ton sourire,
Tes yeux qui rendent fou, mon lâche cœur soupire
Et je tombe à tes pieds, pauvre lion dompté.

MISANTHROPIE.

Non, l'on n'a pas encore assez craché sur l'homme !
Cet animal stupide est par trop orgueilleux
Quand sur sa pourriture il a pu mettre en somme
Quelques haillons dorés qui le font glorieux.

Il prétend remplacer par le saint Évangile
Les constitutions que gardent les tyrans ;
Mais demain supprimez la police, et la ville
S'entre-déchirera sur ses débris fumants.

Et pourtant il se dit fils de Dieu, son image,
Lui, ce singe croisé de tigre et de pourceau !
L'âne a vraiment raison de se croire plus sage,
Et de pitié tout bas sourit le vermisseau.

Le chiffonnier, chargé de sa sale giberne,
Cherche et trouve parfois une perle en chemin ;
Diogène qui cherchait, armé d'une lanterne,
N'a jamais rien trouvé dans le fumier humain !

LE HANNETON.

L'enfant, déjà cruel, — ne doit-il pas être homme ! —
Enchaîne par la patte un pauvre hanneton
Et tout le long du jour il le tourmente, comme
Faisait un juif relaps la sainte inquisition.

Mon destin est celui de ce coléoptère ;
L'amour est le lien qui captive mon cœur,
Et celle dont je suis le jouet, ô misère !
N'a pour moi que mépris et sourire moqueur.

Souvent, pour recouvrer sa liberté perdue,
L'insecte laisse un membre à la corde tendue
Par son jeune bourreau ; dois-je donc faire ainsi ?

Comme Caton d'Utique, effroyable peinture,
Dois-je ouvrir ma poitrine et t'offrir en pâture
Mon cœur sanguinolent, ô femme sans merci !

DÉSIR.

On dit qu'il est des amours gais ;
Moi je n'en connais que de tristes :
Mon pauvre cœur, toi qui t'attristes,
Vous, mes yeux, de pleurs fatigués,

Quand aurons-nous un jour de joie ?
Quand connaîtrai-je ce bonheur
Où l'âme s'abîme et se noie
Comme dans la mer un plongeur ;

Où sur les lèvres accouplées
Deux baisers restent confondus ;
Où des paroles affolées

Trahissent nos sens éperdus ;
Où l'on s'étreint, où l'on soupire,
Où de volupté l'on expire !

LA VICTIME.

Je vois bien qu'il faudra que je meure à la peine,
Car vous ne voulez pas m'aimer. Tant pis pour moi,
Lâche qui n'ai pas su rejeter cette chaîne,
Indigne qui n'ai pu faire accepter ma loi.

La déesse Kali sous son char à Golconde
Voit ses adorateurs se ruer et périr ;
Impassible beauté, vous êtes dans ce monde
Pour inspirer l'amour sans jamais en souffrir.

Aussi, bien que vos yeux aient fait ce mal, madame,
Vos yeux, doux puits d'amour où se noya mon âme,
Je ne vous en veux pas, je subirai mon sort :

Seulement, laissez-moi, comme suprême ivresse,
Accablé sous le poids de ma longue tendresse,
Me coucher à vos pieds en attendant la mort.

LYSIS.

Lysis, la vierge de Samos,
A Delphes consulte l'oracle :
Doit-elle épouser Agathos,
Bon, mais pauvre, fatal obstacle ?

Pourquoi ne pas prendre Chrysès ?
Dans son quadrige quand il passe,
On dirait le grand roi Xerxès
Traîné par des chevaux de Thrace ;

Chrysès qui, plus beau que Bacchus,
Boit dans l'or que le vin empourpre
Et mange sur un lit de pourpre !

« Enfant, dit le dieu, fuis Plutus ! »
Et Lysis le raille, indignée.
Le Dieu la change en araignée.

MALÉDICTION.

Oui, je voudrais t'étreindre en mes bras furieux,
T'étreindre à te briser, comme un tigre sa proie,
Te dompter, ô rebelle, et te prendre aux cheveux,
Tout fumant de désirs et rugissant de joie !

Mais devant vous il faut que le genou se ploie,
Madame, et vous bravez les éclairs de mes yeux ;
L'ardeur de ma passion dans les larmes se noie
Et calme vous brillez comme une étoile aux cieux.

C'est ainsi que le roc dressant sa sombre tête,
Impassible et debout au sein de la tempête,
Se rit du flot rageur qui l'assaille et le mord.

Donc, maudit soit le jour où mon cœur misérable
S'est affolé de vous, idole impitoyable :
Je sais pour me guérir un remède, la mort !

REPENTIR.

J'ai frappé le seul cœur qui m'ait chéri sur terre ;
Ingrat, lâche et méchant, voilà ce que je fus :
Elle me repoussait, et moi, dans ma colère,
Je niai son amour pour vaincre ses refus.

Il n'est pas de réserve et de demi-tendresse,
Disais-je ; quand on aime on ne se garde pas ;
D'un amant possédé l'on veut être maîtresse,
On s'immole avec joie et l'on meurt dans ses bras !

Le front penché, muette, elle écoutait : son âme
Rêvait à l'idéal qui croît sur les sommets.
C'était Isis voilée et non plus une femme ;

Et sa lèvre laissa tomber ce mot : Jamais. —
Alors, chassé du ciel, comme Satan l'archange,
Je roulai dans l'abîme, homme amoureux d'un ange !

VISION.

Sur le sommet du mont couronné de nuages
Un disque d'or brillait comme un autre soleil,
Et, des quatre horizons, poussant des cris sauvages,
Le peuple se ruait à l'océan pareil.

Chacun voulait passer et gravir, et le frère
Précipitait son frère en son cupide essor;
Le fils foulait aux pieds le ventre de sa mère,
Et tous avec fureur criaient : De l'or! de l'or!

O triste humanité par la chair abêtie,
Idéal à jamais perdu, race abrutie!
Verrons-nous donc toujours le vice triomphant!

Dieu, si tu veux qu'enfin notre foi se redresse,
Lance sur ces maudits ta foudre vengeresse!
— Mais non; suis-je meilleur? — O Dieu, sois indulgent!

L'IVROGNE.

Dans cet ignoble cabaret
Quel est cet inconnu si pâle ?
Il chante tout bas; l'on dirait
La voix d'un moribond qui râle.

Pourtant ce n'est pas un ivrogne,
Maçon en rupture de ban
Qui le lundi soir sans vergogne
Rentre au logis en titubant.

Non, trop lugubre est son ivresse :
Cet homme en proie à la tristesse,
Comme Prométhée au vautour

Sur le roc où Jupin l'enchaîne,
C'est un désespéré d'amour
Qui boit pour oublier sa peine.

BARCAROLLE.

Le pêcheur était brun et la faneuse blonde;
Ils regagnaient le port. Lui, ramait doucement,
Triste et silencieux; elle, traçait dans l'onde
En y plongeant sa main un frais sillon d'argent.

Piétro, voici déjà la cloche du village,
C'est l'Angelus; la nuit descend du haut des monts,
Hâtez-vous! — Je suis las et j'ai perdu courage.
— Quoi, le lac n'a-t-il plus ni truites ni saumons?

— Méchante, qui jamais ne voulez me comprendre.
— Muet, qui vous taisez. — Faut-il donc vous l'apprendre?
O Nita, loin de vous dans mon cœur il fait noir,

Car vous êtes ma vie! — Et la belle, pensive,
Lui dit: N'irez-vous pas chez mon père ce soir?
— Et la barque vola sous la rame hâtive.

INJUSTE RÉVOLTE.

Que maudit soit ce monde et maudites ses lois
Et ses femmes sans cœur, séduisantes poupées,
Prudes se retranchant dans l'idéal bourgeois
D'un amour sans issue, où nos âmes dupées,

Pauvres mouches volant au grand souffle de Dieu,
Comme en un piége obscur caché dans la nuit sombre,
Tombent, se confiant à quelque faux aveu
Et saignent à jamais goutte à goutte dans l'ombre.

Pourquoi donc permets-tu ces mensonges cruels,
Ces passions d'eunuque, ô divine nature,
Puisqu'en te résistant nous sommes criminels ?

Qu'est leur honneur, enfin, sinon une imposture,
Une arme de coquette, un masque à leur dédain
Qui veut sans l'assouvir exciter notre faim !

ROMANCE.

Dans le champ triste et solitaire
Où nous allons rêver souvent,
Quand tombe la graine légère
Emportée au souffle du vent,
La terre la reçoit heureuse
Et la nourrit avec ardeur,
Puis sur la tige gracieuse
Bientôt vient briller une fleur.

Ainsi, lorsque près d'une femme
Celui qu'elle doit adorer
Passe et sur elle fait tomber
Ce regard qui va jusqu'à l'âme,
Il y dépose pour toujours
Un doux penser qu'avec ivresse
L'espérance en secret caresse,
Et ce doux penser, c'est l'amour.

TRISTESSE.

Et comment n'être pas triste jusqu'à la mort
Quand on voit ce que sont les hommes de notre âge !
On ne peut plus aimer, le mépris est trop fort,
La haine vient aux cœurs qui s'emplissent d'orage.

Quoi ! les siècles perdus dans l'infini du temps,
Les générations dans la tombe abîmées,
Tant d'empires croulés sur leurs débris sanglants,
Et tout cela n'était que vains bruits et fumées !

Et toi, dupe sublime, idéal de bonté,
Doux messager d'amour et de fraternité,
As-tu donc oublié ta promesse et ton règne ?

Hélas ! on t'a fait Dieu ; l'on t'a pris pour enseigne ;
O Christ, ne reviens pas, car nous avons des lois,
Et les puissants du jour te remettraient en croix !

UN PASSANT.

Voyez donc celui-là qui traverse la rue ;
Comme il a l'air étrange ! on dirait qu'il est fou ;
Il marche en se heurtant à la foule bourrue,
L'œil à terre fixé, l'esprit on ne sait où.

Le voici qui s'arrête et qui parle à voix basse :
Il pleure, regardez; il chancelle, il pâlit;
Un curieux l'aborde et Gavroche qui passe
Lui jette en grimaçant son quolibet et fuit;

Mais, insensible à tout, lentement il s'éloigne.
Quel peut-être le mal qui l'étreint et le poigne ?
Pourquoi ce malheureux n'est-il pas enfermé ?

— Oui, vous avez raison ; c'est un cas de folie
Difficile à guérir, car il faut qu'il oublie
Qu'il adore une femme et n'en est pas aimé.

JUANITA.

Le soleil allait disparaître
A l'horizon de pourpre et d'or,
Quand soudain à son mirador
Je vis la Juanita paraître :
Le sourire à sa bouche rose
Dessinait un joyeux sillon ;
L'enfant regardait une rose
Que lutinait un papillon.

Juanita, je sais le langage
Que parle l'insecte à la fleur ;
Il lui dit : Sotte est la douleur,
Courte est la vie, aimer est sage ;
Il dit qu'il faut au frais sillon,
Mignonne, de ta bouche rose
Mettre un baiser : sois donc la rose ;
Moi je serai le papillon.

LE VER.

Dans la bière disjointe un ver put se glisser,
Et, rampant sur le corps verdi de pourriture,
Il alla droit au cœur chercher sa nourriture :
Ce cœur était si sec qu'il dut y renoncer.

Camarade, lui dit un nécrophore immonde
Qui soupait tristement d'un reste de boyau,
Tu ne savais donc pas ce que fut dans le monde
Celui qui dort couché dans ce royal manteau ?

Cet homme a fait couler tant de sang et de larmes
Qu'on en aurait pu faire une mer, et ses armes
Jetaient au lieu de grain un cadavre au sillon :

La mort se reposait lui laissant la besogne;
Car cet homme au cœur dur, c'était... Napoléon !
Et le ver dégoûté quitta cette charogne.

LE NOYÉ.

O mer bleue et profonde, ô mer, tu me fascines;
Tu m'attires, perfide, et déjà sous tes flots
Je me vois endormi pour l'éternel repos
Sur un lit de varech et de plantes marines.

Mon corps pâle et glacé s'agite mollement,
Tandis que le requin et le crabe vorace
Dissèquent à l'envi ma livide carcasse,
Et que l'eau tout autour rougit confusément.

Dieu vengeur ! sur ces bords conduisez l'insensible ;
Oui, je veux que témoin de ce spectacle horrible,
Celle dont le mépris m'a jeté dans la mort

Comprenne enfin les droits sacrés de la tendresse ;
Que son cœur, à jamais en proie à la tristesse,
Me regrette en saignant sous la dent du remords !

MÉPRIS.

Ce monde est aux hardis, à l'impudent, au fourbe,
Au sceptique élégant qui jongle avec l'honneur,
A l'ambitieux vil qui suit la ligne courbe
Et sait vendre au besoin ou sa femme ou sa sœur.

C'est pourquoi, plus cruel que Néron le poëte,
Pris pour l'humanité d'un immense dégoût,
Caligula voulait qu'elle n'eût qu'une tête
Et pouvoir de son fer l'abattre d'un seul coup.

Mais quand j'approfondis, ô nature éternelle,
Les secrètes leçons que ta grandeur décèle,
Ma colère m'étonne et je cède à moitié.

Oui, quand je vois la mort étendre sous les herbes
Tous ces puissants d'un jour qui faisaient les superbes,
Je n'ai plus dans le cœur qu'une froide pitié.

PASTORALE.

Petit berger qui solitaire
Ici viens cacher tes douleurs,
Ton chagrin n'est pas un mystère :
Je sais le secret de tes pleurs.

Il est encor dans ces bocages
Plus d'une bergère à chérir ;
Pourquoi t'en prendre à des corsages,
A des cœurs trop fiers pour s'ouvrir ?

A la danse, sous le grand chêne,
J'en vois qui te font les doux yeux ;
Enfant, la forêt est prochaine
Et l'herbe est tendre aux amoureux.

Entends résonner les musettes,
L'air est comme ivre de chansons ;
Dieu pour les nids fit les fauvettes
Et les filles pour les garçons.

— Seigneur, c'est bien facile à dire,
Mais aime-t-on comme l'on veut !
Je puis mourir pour Sylvanire ;
Mais l'oublier, est-ce qu'on peut !

LE NAÏF.

Si votre cœur est doux, aimant et résigné,
Si vous êtes de ceux qui croient au sacrifice,
Fuyez, fuyez ce monde où tout n'est qu'artifice,
Surtout fuyez l'amour, vous seriez dédaigné.

Les femmes, sachez-le, sont à ceux qui les prennent,
Qui, feignant le respect, les méprisent au fond :
Lovelace et don Juan, voilà ceux qui comprennent
La vie et que l'on aime ! — Hélas, dégoût profond,

Tandis que, dévorant vos rages de tendresse,
Vous pleurerez la nuit, un autre embrassera
Celle que vous traitez, ô naïf, de déesse ;

Et si vous vous plaignez, âme faible et servile,
On se rira de vous et l'on vous chassera,
Vous le jouet, le chien, l'amoureux, l'imbécile !

LICHT, MEHR LICHT.

Vérité, vérité, qu'êtes-vous devenue ?
Je vous cherche partout et ne vous trouve pas :
Le mensonge hypocrite et qui vous savait nue
Vous contraint à cacher vos célestes appas.

Ameutant contre vous tous les monstres ses frères,
La sotte vanité, l'intérêt envieux,
L'ambition, l'orgueil, qui suscitent les guerres,
Il vous a fait descendre au puits mystérieux.

Et voilà que partout les peuples imbéciles
Se déchirent entre eux au caprice des rois
Et que le sang rougit les guérets et les villes.

Vérité, vérité, revenez à ma voix ;
Pour fléchir ces cruels que l'amour vous seconde ;
Vous seuls, vous seuls pouvez encor sauver ce monde !

LE CHAGRIN.

J'habite en un pays sinistre, fantastique.
— Sous un ciel toujours sombre où nul astre ne luit
L'immensité s'étend vide, mélancolique ;
On ne sait s'il fait jour, on ne sait s'il fait nuit.

Dans un brouillard épais qu'on respire avec peine
On étouffe, on se traîne ; on sent comme une main
Qui vous serre le cœur, une chaleur malsaine
Qui vous brûle en dedans ; on a soif, jamais faim.

De funèbres oiseaux sous les nuages pâles
Volent muets et lourds, de cadavres repus,
Et le vent, quand il souffle, apporte un bruit confus

De sanglots et de pleurs, de soupirs et de râles !
— Juste Dieu ! quel est donc ce pays inhumain ?
— Hélas ! madame, hélas ! c'est celui du chagrin.

LA GUERRE.

Que faites-vous, bon Dieu, dans votre paradis ?
Dormez-vous, étendu sur l'éternel nuage,
Et ne voyez-vous pas l'effroyable carnage
Que font dans nos cités ces barbares maudits ?

Sur le corps de l'aïeul c'est l'enfant qu'on immole ;
L'assassinat, le viol aux sanglantes amours,
Le vol surtout, voilà l'œuvre de ces pandours,
Et vous restez muet et froid comme une idole !

Or, sachez qu'on est las de prier à genoux ;
Que la mère, pleurant sous la voûte étoilée,
Ne trouve plus la foi dans son âme ébranlée ;

Que les hommes enfin se détournent de vous
Et meurent en jetant ce cri dans la tempête :
Satan, toi seul es Dieu, Guillaume est son prophète !

PROTESTATION.

Viens, ami ; laisse-les s'en aller à la Bourse
Se filouter entre eux ;
Viens, je te ferai voir dans le bois une source
Sous les chênes ombreux.

Et, pendant qu'escortés de viles créatures
Qui cachent sous le fard
Et la poudre de riz les honteuses blessures
De l'amour au hasard,

Ils iront applaudir quelque maigre chanteuse
Dégueulant sans pudeur une chanson fangeuse
Et qui sent le trottoir,

Nous, émus et charmés, sous la lune brillante,
Nous entendrons la voix du rossignol qui chante
A l'étoile du soir.

L'ADIEU.

Pourquoi vous étonner si je tombe en chemin !
Mes forces sont à bout, ma croix est trop pesante ;
Vraiment je souffre trop, madame, et le chagrin
Qui me prend à la gorge au penser de l'absente

Et fait jaillir mes pleurs, épuise lentement
Les sources de ma vie et brise ma poitrine.
Oui, j'ai droit au repos, et, dans ce noir moment
Où je vous dis adieu, devant vous je m'incline :

Gardez votre fierté, madame, et sous ces lois
Où l'on vous tient aux fers, puissiez-vous être heureuse ;
Vivez dupe et victime, hélas ! c'est votre choix.

Et maintenant, ciel vide, espérance menteuse,
Hommes, fils du serpent, absurde création,
Je vous jette en partant ma malédiction !

CE SONT DE GRANDES DAMES.

Dans ces grands bals où va le monde officiel,
Mélange d'intrigants, de flatteurs, d'imbéciles,
Brodés d'or et cachant sous un air solennel
De sottes vanités ou des âmes serviles,

Avez-vous remarqué cette femme aux seins nus,
Beauté dure, arrogante, à la mine hautaine,
Et qui semble en pitié prendre l'espèce humaine
Comme une autre Junon, rivale de Vénus ?

Créature au cœur sec, mariée à quelque sire
Enrichi per nefas et titré par l'Empire ;
J'ai toujours eu l'envie en mon esprit chagrin,

Pour abattre l'orgueil de cette Frédégonde,
De lui dire à voix haute et devant tout le monde :
Où donc a-t-on volé, duchesse, votre écrin ?

LE CHIEN.

Désert est le foyer et la maison est morte :
Cesse tes cris plaintifs, pauvre être délaissé ;
Tes pleurs ne feront pas que l'on t'ouvre la porte,
Car ton maître est parti, ton maître t'a laissé.

Et tu croyais l'avoir touché par tes caresses ;
Hélas ! apprends de moi qu'en ce monde où tout ment,
Apprends qu'on n'obtient rien par les longues tendresses
Et que le plus aimé n'est pas le plus aimant.

Sois mon ami, veux-tu ? viens dans la solitude
Douce aux cœurs déchirés ; fuyons l'ingratitude,
La trahison, l'oubli ; viens, fuyons les humains ;

Ils ne te valent pas, toi dont l'âme sans haine
N'a jamais su qu'aimer ! — Et, comprenant sa peine,
Le chien léchait les pleurs qui tombaient sur ses mains.

L'ANNEAU.

Mon pauvre anneau chéri, ma petite amulette,
O toi qui me viens d'elle et qui dors avec moi,
Déjà tombe la nuit, confidente discrète;
C'est l'heure où pour pleurer je m'enferme avec toi.

Sourde comme l'idole à la voix qui la prie,
Elle s'en est allée au loin, je ne sais où,
Revoir ses orangers, ses palmiers, sa patrie,
Une ville qu'on trouve au-delà du Pérou.

Le nègre a son grigri, l'Indien son fétiche,
Le Turc un talisman que le pieux derviche
Apporta de la Mecque, et moi, je t'ai! — Le soir,

Avant que le sommeil à mon mal fasse trêve,
Je te donne un baiser, le dernier, dans l'espoir
Qu'elle viendra la nuit me le rendre en un rêve!

LE NOM.

Au bord du lac profond regarde ce rocher ;
Il penche sur l'abîme, et la vague traîtresse
De son baiser qui mord nuit et jour le caresse
Et sourdement le mine afin de l'arracher :

Et bien, je suis son frère ; une douleur secrète
Est en moi qui me ronge, et je sens ma raison
Et mes forces faiblir ; on dirait un poison
Qui lentement me tue et jamais ne s'arrête.

Dans le gouffre béant quand ce roc tombera,
Quand le noir fossoyeur au cercueil m'étendra,
Pour y prendre mon cœur entr'ouvre ma poitrine ;

Là, tu liras un nom, trois lettres, c'est le sien...
Et tu comprendras tout — oui, mais ne lui dis rien !
Je ne veux pas pour moi qu'on la rende chagrine.

SPLEEN.

On dit que dans l'amour est l'éternel bonheur
Et qu'aimer est au spleen un souverain remède ;
Mais dans tout corps de femme est un oiseau moqueur,
Ou bien, c'est une chatte, insidieux quadrupède.

J'y trouve la beauté, la grâce, le plaisir,
Mais des esprits légers, des fluides fantasques,
Rien de constant, de fort qui fixe le désir,
Un être traversé de soudaines bourrasques ;

Le sourire ou les pleurs, sans qu'on sache pourquoi,
Des terreurs sans motifs ou de folles hardiesses,
De longs raisonnements à vous rendre Iroquoi
Et pour un chapeau neuf de honteuses caresses :

Capricieux enfants que le Chinois malin
Sous prétexte de mode en naissant estropie,
Que le grand Turc enferme en un riant jardin
Et pour qui nous donnons, nous, l'honneur et la vie.

Ah ! s'il est parmi vous une exception encor,
Une perle cachée, ah ! qu'on me la dévoile :
Dans quel gouffre plonger pour trouver ce trésor !
Vers quels cieux m'envoler pour ravir cette étoile !

LA FIN.

Le soleil s'est levé, le soleil s'est couché,
Et le jour s'est enfui sans espoir qu'il revienne ;
Un cœur qui ne croit plus ne peut être touché ;
Pensez-vous qu'un cadavre au tombeau se souvienne ?

Horreur ! être vivant et mort tout à la fois ;
Marcher seul et sans but dans un désert sans borne
Où la trace n'est plus des amours d'autrefois,
Où nul astre ne luit sous un ciel toujours morne !

Résigne-toi, maudit : tes cris n'ont plus d'échos;
Ne va pas plus avant, là blanchiront tes os :
Prononce un nom tout bas comme un adieu suprême,

Puis, du bagne social triste galérien,
D'un pli de ton manteau voilant ta face blême,
Étends-toi sur le sol et crève comme un chien !

AMOUR, TITICACA.

Sombre Titicaca, grand lac péruvien,
Ton nom avait frappé mon enfance rêveuse
Lorsque je dévorais, pâle collégien,
De l'université la cuisine douteuse.

Pour aller jusqu'à toi par-delà les pampas,
Mon esprit traversait, sur l'aile du prestige,
L'Amérique du Sud, ce berceau des Incas,
Ce navet colossal dont un isthme est la tige !

Je voyais sur tes bords des temples merveilleux,
Des jardins, des palais aux coupoles mitrées,
Et je faisais voguer sur tes flots orgueilleux
Les caciques indiens en pirogues dorées.

Tu me semblais ce lac des poissons enchantés
Dont on lit la légende aux contes d'Arabie,
Une oasis en fleur sous d'éternels étés,
Un Éden éclatant de splendeur inouïe !

Et je m'étais juré qu'un jour je te verrais :
Hélas! et je t'ai vu : sur tes bords solitaires
Erraient quelques flamants comme au bord d'un marais;
Un grand vent traversait, venant des Cordillères,

Et le vaste silence étendu sur tes eaux
N'était troublé que par les roseaux qui bruissent,
Asile des pipas, effroyables crapauds,
Ou par le sifflement des reptiles qui glissent.

Sur cette terre où l'homme, en un obscur martyre,
Souffre sans trop savoir le pourquoi des douleurs,
Il est un autre lac dont l'éclat nous attire
Et dont l'onde perfide a l'âcreté des pleurs.

Plus d'un y court, croyant que c'est assez de boire
A ce nouveau Léthé pour oublier ses maux ;
Plus d'un vient y trouver un horrible déboire,
Et les morts en flottant font de sombres îlots.

Et moi, j'ai fait comme eux ; ces eaux, je les ai bues ;
Et mon âme, où jamais l'espoir ne renaîtra,
A compris que tous deux, illusions perdues,
Vous n'étiez que mensonge, amour, Titicaca !

DÉSESPÉRANCE.

Ainsi j'aurai passé sans amours sur la terre ;
Nulle femme attendrie et sa main dans ma main
Ne m'aura dit je t'aime, et je mourrai demain ;
La tombe étouffera ma plainte solitaire.

Accueille donc, ô mort, mes soupirs méprisés ;
Endors-moi dans tes bras loin de ce monde infâme ;
Toi seule connaîtras la douceur de mon âme,
Toi seule connaîtras l'ardeur de mes baisers.

Au sein du roc abrupt l'or cache sa richesse,
La perle sous les flots dérobe sa splendeur ;
Je cachais dans mon cœur un trésor de tendresse :

Et je te l'offre, ô mort, car, malgré ta hideur,
C'est toi seule que j'aime, et sur tes autels sombres
Je me fiance à toi, froide reine des ombres.

LA MORT.

Vous voulez que je vous fasse
Un récit de mon passé ;
Mais le sillage s'efface
Où le navire a passé.

Vous demandez le mystère
De mon cœur endolori ;
Mais on laisse dans sa bière
Le froid cadavre endormi.

J'ai souffert toute souffrance,
J'ai perdu toute espérance,
Et j'ai pleuré tous mes pleurs ;

Désormais, masque impassible,
Je me suis fait insensible
Aux plaisirs comme aux douleurs.

II. — LÆTA

CORA.

Cora, quand je la vis pour la première fois,
Sur un siége doré rêveuse était assise,
Des perles à son cou, des bagues à ses doigts,
Semblable à ces beautés que le marbre éternise.

A sa droite un lion au port majestueux
Dardait sur moi l'éclair de sa jaune prunelle ;
A sa gauche, entr'ouvrant sa mâchoire cruelle,
Un tigre était debout, assassin doucereux !

C'est donc une sultane, une reine indienne
De l'extrême Orient, ou quelque magicienne
Qui des monstres des bois sait dompter la fureur ?

Cora n'est pas sorcière ou princesse d'Asie ;
Son royaume est mon cœur, l'amour est sa magie;
Et... c'est tout bonnement la fille d'un fourreur !

EUPHRASIE.

Au fond d'un bouge obscur, abominable, infect,
Hanté par le cloporte et la noire araignée,
Un monstre est accroupi, du plus farouche aspect,
Laissant voir au passant sa mine refrognée.

Son petit près de là se roule en glapissant,
Le corps souillé d'ordure et grattant sa vermine,
Ou sautille et barbote au ruisseau croupissant,
Plus jaloux d'égaler le crapaud que l'hermine.

Eh bien, vous connaîtrez ce monstre et son enfant,
Si vous daignez, madame, en douce fille d'Ève,
Visiter quelque jour la mansarde où je rêve ;

Car, hélas ! son portrait n'est que trop ressemblant,
Et ce monstre n'est pas fils de ma fantaisie :
Faut-il le nommer ? c'est... ma portière, Phrasie !

ORDONNANCE.

A MADAME A. B.

Le poignard trop souvent tourmenté dans sa gaîne
La brise enfin et la rompt;
Gladiator s'abattra, si ta main le surmène,
O cavalier trop prompt.

Madame, croyez-moi, laissez un peu votre âme
Dans le calme se bercer;
Il faudrait plus de cendre, il faudrait moins de flamme,
Plus dormir et moins penser.

Oubliez vos pinceaux, la musique, chimère!
Vive Bacchus! allez voir
A Paris, le bœuf gras, à Londres, le lord-maire,
Et vous vous direz le soir

Que le roastbeef épais, le porter et la bière
Procurent un doux repos,
Et qu'il n'est rien enfin de meilleur sur la terre
Que d'être gras, gris et gros.

Le cresson de fontaine est un puissant dictame
Qui rend au corps la santé ;
Il vaut six liards la botte, et le cresson de l'âme
N'est autre que la gaîté.

Au docteur inquiet et que votre toux fâche
Craignez de désobéir ;
Le farniente vaut mieux qu'un travail sans relâche ;
Il est bon de s'abrutir.

Les sots ont d'habitude une santé parfaite,
C'est eux qu'il faut imiter ;
Madame, au nom du ciel, tâchez d'être un peu bête,
Afin de vous mieux porter.

GUITARE.

Te souviens-tu, dis-moi, de la Carmencita
Pour qui j'ai tant cassé de cordes de guitares,
Quand nous allions, à l'heure où les passants sont rares,
Chanter sous ses balcons ? Eh bien, carambita,

Elle m'adore ! Aussi, fier comme un grand d'Espagne,
Je resterais couvert même devant le roi,
Car ce qu'elle aime en moi, pâtre de la montagne,
Ce n'est pas la fortune ou le titre, c'est moi !

Et je marche léger comme l'oiseau qui vole,
Je chante tout le jour, j'ai l'âme comme folle,
Je nage dans l'azur, et, pilote hardi,

Sur la mer du bonheur courant à toutes voiles,
Je me trouve plus beau, je me trouve grandi
Et j'ai peur en passant d'accrocher les étoiles !

QUARTIER LATIN.

Le voisin pense à la voisine,
Mais pas la voisine au voisin;
Il aime enfin et se chagrine,
Elle en rit et suit son chemin.

Monsieur Cupidon qui la guette
En dieu qui veut être vainqueur,
Prend une flèche et la lui jette
Tout juste au beau milieu du cœur

Lors la pauvrette qui soupire
Attend son voisin et, le soir,
Quand il monte l'escalier noir

Et passe sans oser rien dire,
Ah! fait-elle, d'un air troublé,
Voisin, j'ai... j'ai perdu ma clé.....

LE REVE.

Madame, cette nuit je vous ai vue en songe
Et je me sens encor tout ému de bonheur ;
Je n'ose vous conter ce trop charmant mensonge,
Il vous révélerait les désirs de mon cœur.

Car, hélas ! si je suis fort timide, éveillé,
Je suis, lorsque je dors, d'une incroyable audace :
Pourtant si mon récit, prudemment pallié,
Pouvait auprès de vous, madame, trouver grâce,

Je vous dirais qu'assis en un riant jardin,
Côte à côte, tous deux, votre main dans ma main,
J'étais le premier homme et que vous étiez Ève ;

Quand soudain le... mais quoi ! serais-je inconvenant ?
C'est bien sans le vouloir, madame, assurément,
Et vous pardonnerez, puisque ce n'est qu'un rêve.

LE RAT.

Caché près de l'étang, l'autre jour, j'ai surpris
Les propos qu'échangeaient la grenouille plaintive
Et le rat son compère accroupi sur la rive ;
Ils parlaient d'une guerre entre peuples amis.

Le rat voulait savoir pourquoi tout ce tapage :
Leurs canons, disait-il, dérangent mon sommeil ;
Manquent-ils donc de pain ou de place au soleil ?
Entre frères pourquoi ce terrible carnage ?

Ma foi ! répondait l'autre, on ne sait trop vraiment :
Ces gens sont fous, et c'est pour un prince allemand
Dont le nom, entre nous, est impossible à dire ;

C'est aussi pour la gloire et l'honneur du drapeau.
En entendant ces mots, le rat se mit à rire,
A rire, mais si fort, qu'il en tomba dans l'eau

LE BOUT DU NEZ.

Madame, en vérité vous êtes trop cruelle ;
Votre coquetterie inflige à mon désir
De Tantale aux enfers la géhenne éternelle ;
Je vois des fruits charmants que je ne puis saisir :

Et je suis comme Azor, quand, la queue en trompette,
Assis sur son... comment dire?... son bienséant,
Il pleure en regardant le sucre qu'il appète
Et que votre main blanche éloigne en se jouant.

Ainsi dans vos doux yeux j'entrevois, charmeresse,
Un paradis d'amour, un paradis d'ivresse
Après le purgatoire où vous me condamnez ;

Et quand je veux entrer, quand l'amour me transporte
Et flambe dans mes yeux, crac, vous fermez la porte,
Sans même me laisser passer le bout du nez !

LE PLAT DU JOUR DE L'ÉTUDIANT.

Dans nos grands restaurants je vois de gros richards
S'attabler jusqu'au cou, la face rubiconde,
Devant des mets exquis, des perdreaux, des homards,
Des ananas venus de l'autre bout du monde,
Le faisandeau truffé, le succulent cardon,
Boum ! le tout arrosé de champagne Chandon !
Et, quand ils sont repus comme des crocodiles,
Monstres aux digestions lentes et difficiles,
Ils s'en vont en traînant leur abdomen poussif
Chez quelque pharmacien prendre un fort digestif.

Hélas! c'est bon, la truffe, au moins je le suppose;
Mais bah! mieux vaut encor le parfum de la rose.
Moi, pauvre étudiant, je dîne à dix-neuf sous;
Puis, l'estomac lesté d'une saucisse aux choux,
Dans mes habits râpés me glissant comme une ombre,
J'arrive au Luxembourg alors qu'il y fait sombre;
J'y trouve mon amie, et, sa taille à mon bras,
Je lui dis que je l'aime; elle répond tout bas

Qu'elle m'aime bien plus ; je me tais, je soupire,
Je mange son regard, je mange son sourire :
Allez ! le meilleur plat du jour,
C'est la jeunesse et c'est l'amour !

AUX TUILERIES.

Vous êtes là, le soir, seul, assis et rêvant;
Une femme survient qui passe brune ou blonde,
Qui passe fendant l'air comme un cygne fend l'onde,
Comme un brick pavoisé toutes voiles au vent.

Le sillage embaumé qu'elle laisse après elle,
L'affriolant froufrou du jupon empesé,
L'éclair de son regard par le vôtre croisé,
Font bondir votre sang du cœur à la cervelle.

Vous la suivez, poussé par le désir qui mord,
Les yeux chauds et troublés, tout votre corps qui tremble;
Vous suivez... quand soudain un petit vieux, qui semble

Un diable jaillissant d'une boîte à ressort,
Aborde l'inconnue et lui dit d'un air tendre :
Mon ange, comme vous vous êtes fait attendre !

LE COMPLIMENT.

A MADAME X*** POUR SA FÊTE.

L'huître donne la perle et l'astre sa clarté,
L'arbre donne ses fruits et le cœur sa tendresse;
Que puis-je donner, moi, poëte au lait d'ânesse?
Serinette à sonnets, j'en donne un ! — J'ai tenté

De rimer un poëme à l'instar de la Grèce,
Prenant comme Homéros les choses *ab ovo*,
Et j'ai perdu la voix comme un coureur s'affaisse,
— Lisez bien — épuisé ! *procumbit humi* veau !

Mais, par Jupin ! je sens qu'en présence de celle
Qu'il faut louer, l'Etna bouillonne en ma cervelle !
Ce qu'Homère ou Pindare en mille vers dirait,

Je puis en quatre, en trois, en deux, en un le dire !...
Et je me tais. — Elle est modeste et rougirait.
— Ma foi ! d'un compliment comme on peut l'on se tire.

BEAU TEMPS.

Ils me disent qu'hier le ciel était obscur,
Que la nuée en pleurs fuyait devant l'orage ;
Et moi, je leur réponds que tout n'était qu'azur
Et qu'un soleil joyeux dorait le paysage.

Ils disent que le vent agitait dans les bois
Des arbres dépouillés le sinistre squelette ;
Je dis que des oiseaux les amoureuses voix
Murmuraient doucement sous la forêt discrète.

Ah ! si pour eux hier tout était triste et laid,
Les arbres sans feuillage et le ciel voilé d'ombre,
C'est qu'ils avaient au cœur quelque chagrin secret,
Un amour sans espoir ou quelque remords sombre :

Et moi, si j'ai trouvé le ciel si radieux,
La nature en printemps, la forêt enchantée,
C'est qu'hier, jour béni, jour entre tous heureux,
Tu m'as donné ton âme, ô douce bien-aimée !

LE LÉZARD.

Ma Lesbie a perdu son moineau favori ;
Elle veut un lézard : femme et capricieuse,
C'est son droit ; quant à moi, doucement j'ai souri,
Certain de consoler cette belle pleureuse.

Mais, hélas ! il n'est pas si facile qu'on croit
De trouver un lézard : j'ai battu la montagne,
La plaine, la forêt, et, chasseur maladroit,
Je n'ai rien rapporté de ma triste campagne.

Pourtant, ô ma Lesbie, en un endroit charmant,
Je sais un petit trou que la mousse défend ;
Là doit s'en cacher un ; du moins, je le suppose ;

Je crois même avoir vu remuer quelque chose :
Si je lui faisais peur pour le faire échapper,
Je suis sûr qu'à nous deux nous pourrions l'attraper.

OU LE PAGE SE TROMPE DE PORTE.

Et la reine appela son page et lui dit : Porte
Au beau don Rafaël ce message d'amour ;
Qu'il vienne, je l'attends ; demain je serai morte,
S'il n'est à mes genoux avant la fin du jour !

Et le page s'en fut. Un logis solitaire
S'offre à ses yeux ; il entre ; un homme est là, rêveur :
Qui donc êtes-vous ? — Moi ? Je suis sur cette terre
Celui dont on n'a pas voulu ; j'ai dans le cœur

Pour celle que j'espère un trésor de tendresse !
— Alors c'est vous, venez ; mais, votre nom pourtant ?
Car il se peut que j'erre et je crains ma maîtresse.

— Ne le savez-vous pas ? je suis l'étudiant
Pérès. — Au diable ! fit le page en se sauvant.
— Pauvre Pérès, hélas ! qui dira ta tristesse !

AIMÉE.

Aimée est rose et blanche et ses cheveux dorés,
Ses yeux bleus font rêver aux bluets dans les blés,
Son petit nez mignon respire la malice,
Et sa bouche est la fleur au suave calice
Où j'aime à butiner le doux miel des baisers.

Mais je suis trop jaloux pour vous peindre le reste;
Sachez que Dieu la fit d'une beauté funeste,
D'une beauté fatale, et que moi, pauvre fou,
Aveugle sans bâton et tombé dans un trou,
Dans cet amour tombé, jusqu'à mourir j'y reste.

Quand elle dit je veux, avec sa voix d'enfant,
Moi, l'homme au fier vouloir, je tremble devant elle;
J'irais à cloche-pied à Bruxelle en Brabant
Rien que pour lui chercher un mètre de dentelle.

Quand la Seine charrie et qu'il fait degrés dix,
Qu'elle y jette son gant dont la pointure est six,

Et moi qui suis frileux comme un Indien du Gange,
J'irai draguer son gant dans le sable et la fange !

Peut-être est-ce faiblesse et lâcheté, mais bah !
Samson s'est bien laissé tondre par Dalilah,
Hercule a bien tenu les écheveaux d'Omphale,
Et ces dames pourtant n'étaient que chrysocale
Auprès de mon Aimée ; et, quant à ces messieurs,
Chacun sait qu'ils étaient héros ou demi-dieux.

Après tout, quand je suis loin d'elle et que je pense
Quelle sera la fin de cette extravagance,
Je me dis que la lame use un jour le fourreau,
Que Palmyre est en ruine ainsi que mon manteau ;
Qu'en ce monde mortel rien ne dure, tout lasse,
Que les dieux et les rois, tout s'écroule, tout passe,
Et qu'ainsi, tôt ou tard, ceci tuant cela,
Ce fol amour ou moi, nous finirons ; voilà !

HONORINE.

Une rousse qui m'aime et s'appelle Honorine,
— Excusez son prénom — m'a dit : Tu fais des vers,
Que n'en fais-tu pour moi ? Bien sûr, je t'abomine,
Si de toi je n'ai pas un sonnet, gros pervers !

Eh bien, si je croyais qu'elle tînt sa parole,
Pour m'en débarrasser je refuserais net
Et la prendrais au mot ; mais je sais que la folle
M'adorerait quand même, oui, monsieur, sans sonnet.

Car c'est un vrai caniche, un lierre ; elle est fidèle
Au point que je voudrais, comme un rare modèle,
Qu'on la fît empailler ou mettre en un bocal !

Tiens, mais je m'aperçois que sans y prendre garde,
Voilà mon sonnet fait ! Parbleu, je le lui garde ;
Elle se fâchera, mais ça m'est bien égal !

MYSTÈRE.

C'était dans un endroit obscur, le jour tombait ;
Ils étaient vingt, gardant tous un profond silence,
Tous pâles, et chacun vers le seuil dirigeait
Des regards anxieux trahissant la souffrance.

De temps en temps, un homme en noir apparaissait
Un papier à la main ; il nommait la victime
Qui le suivait tremblante et qui disparaissait
Dans un réduit voisin où quelque horrible crime

S'accomplissait sans doute... on entendait très-bien
Les pleurs et les sanglots... puis un grand cri... puis rien...
Et l'homme noir venait toujours avec sa liste !

— Quel effrayant tableau ! mais c'est l'inquisition...
Ce sont des malheureux soumis à la question...
— Mais non, mais non. C'était le salon d'un dentiste !

NOCTURNE.

Mon Dieu ! qu'avez-vous donc ce soir, Népomucène ?
Vous n'êtes pas gentil, vous ne me dites rien ;
Vous me tournez le dos ; vraiment, ce n'est pas bien ;
Vous soupirez ? voyons, contez-moi votre peine.

— De grâce, laissez-moi, ma chère. — Époux cruel !
Ah ! vous ne m'aimez plus ! après dix ans à peine
De mariage ! mais, ça n'est pas naturel ;
Vous me trompez, monsieur ! oh oui, j'en suis certaine ;

Vous osez me priver de mon droit conjugal
Pour une cocodette, une vile hétaïre !
— Bigre ! vous me pincez et vous me faites mal ;

Voulez-vous me lâcher ! — Non ! ou vous m'allez dire
Ce qui vous rend ce soir si maussade et grognon.
— Eh bien... c'est qu'à dîner j'ai mangé trop d'ognon.

CHANSON.

AD LYDIAM.

Je sais fort bien que ma maîtresse
Pour moi n'a qu'un semblant d'amour
Et ne se meurt pas de tendresse
Comme Lucy de Lamermoor ;

Mais qu'importe, puisque moi-même,
En philosophe insouciant,
De la lèvre et des yeux je l'aime
A la manière de don Juan ?

Aussi jamais de jalousie,
De noirs chagrins ou de soupçons ;
Sous le beau ciel de notre vie
Tout n'est que joie et que chansons.

De Watteau c'est le paysage
Et son éternel carnaval ;
On s'adore un masque au visage,
Et l'on ne meurt qu'en madrigal.

C'est Colombine qui se grime
Pour Léandre son doux amant,
Et nous jouons la pantomime
Et la farce du sentiment.

Il est vrai que mon or s'envole
En cadeaux, en festins joyeux;
Qu'elle épuiserait le Pactole
En ses désirs capricieux ;

Il est vrai qu'elle aime les pierres,
Celles qu'on trouve à Visapour ;
Qu'il lui faut rideaux et portières
En soie épaisse, en lourd velours;

Collier, bracelets et bague
Et tous ces bijoux par milliers
Où l'or avec l'art extravague
Aux vitrines des joailliers.

Mais, bah! je ne perds pas au change
Et ne regrette pas mon or;
Croyez que j'ai d'elle en échange
Un bien plus précieux trésor.

L'argent dépensé se retrouve,
Les bijoux se font en tous lieux;

Ce qu'elle donne ne se trouve
Que dans l'atelier des dieux.

A moi le collier qui m'enlace
De ses deux beaux bras frais et ronds,
Son corps qui se pâme avec grâce
Au feu des baisers furibonds ;

A moi son chaud regard qui brille
Et fait pâlir le diamant,
Son sein que ma bouche mordille,
Ses longs cheveux d'or ruisselant ;

A moi ces charmes qu'on doit taire,
Ces beautés que l'œil ne voit pas ,
A moi dans l'ombre et le mystère
L'écrin secret de ses appas !

Il se peut qu'en sensualiste
Je brûle d'un feu tout païen ;
Je sais qu'un autre amour existe
Qui ne ressemble pas au mien.

Mais cet amour est maladie,
Souffrance, tristification ;
Il remplit d'orages la vie,
Aussi l'appelle-t-on passion.

Moi, j'aime selon la nature,
Comme l'oiseau, comme la fleur,
Ainsi que toute créature,
Comme Dieu veut et sans douleur ;

J'aime ainsi qu'aux premiers âges
Nos ancêtres devaient aimer,
Eux qui s'habillaient de feuillages
Et qui n'avaient pas lu Werther.

Donc, chassons la mélancolie,
Dulcem Lydiam amate;
La sagesse c'est la folie,
Cætera divis permitte!

COCAMBO.

Cocambo, petit nègre, a du chagrin en pile,
Et pourtant Cocambo devrait être content,
Car Lucy, la négresse au sourire facile,
A rendu Cocambo père d'un bel enfant.

D'où vient, bon Cocambo, cette noire tristesse ?
Pourquoi ne plus aller aux fêtes du Vaudoux,
Adorer le serpent et danser, fou d'ivresse,
Les bamboulas au son du galoubet si doux ?

Ton maître n'est-il pas pour toi la bonté même,
Ainsi que pour ta femme ? Il veut, honneur extrême,
Être, m'a dit Lucy, parrain de ton enfant.

— Ça vrai, li bon toujou : mais, ce qui m'inquiète,
Soupira Cocambo qui se grattait la tête,
C'est, voyez-vous, massa, fils à moi, li trop blanc !

LE COCODÈS AU CLOU.

Plaignez le jeune Ernest; à Nini, sa maîtresse,
Il avait pour ce soir donné doux rendez-vous
Et voilà qu'un gros clou, fils d'une humeur traîtresse,
Sur son nez s'est planté, jugez de son courroux.

Pas de chance, dit-il, en sa comique rage ;
Que faire en cet état? Encor, s'il était mûr,
On pourrait le... mais non, sur mon triste visage
Il va toujours élargissant son cercle impur!

D'un amour inexact exacte factionnaire,
Elle m'attend, là-bas, sur le pont d'Austerlitz,
Tempêtant et piaffant, comme un grand air de Litz :

Si je la prévenais par un commissionnaire ?...
— Quel beau vers! — Ma foi! non, tant pis, elle viendrait
Et trouverait, hélas! son pauvre Ernest trop laid.

SUR LE PORTE-CARTES DE Mme R. D.

Si jamais je m'égare, à ma gente maîtresse
Rendez-moi ; je vous donne un peu plus bas l'adresse :
On récompensera qui m'aura rapporté,
Car je suis un objet de haute utilité.

Exemple : vous allez visiter une amie,
Vous avez le bonheur de ne pas la trouver,
Je vous fournis la carte à remettre au portier,
— Au concierge, pardon, — et vous partez, ravie.

A quelques jours de là vous rencontrez la dame :
Ah ! madame, je fus malheureuse, vraiment...
— Madame, c'est moi qui regrette vivement
Mon absence et l'honneur...— Mais, madame ! — Ah ! madame

Oh ! là, là ! dit Gavroche en passant, des manières !
Mais embrassez-vous donc, allez-y, mes p'tit' mères ! —
Eh bien, Gavroche a tort, car s'il fallait toujours

Dire la vérité, qui pourrait de nos jours
Vivre en ce monde, hélas ! où tout n'est que mensonge ?

Aussi le sage vit seul en un coin... et songe.

À MADAME X...

Ce matin en sautant de mon lit, — quel tableau !
Vous voyez ça d'ici. — Je me dis, saperlotte !
C'est la fête à madame... — un nom qui rime en eau ; —
Allons, mon ami Paul, enfile ta culotte

Et vas-y d'un sonnet, c'est ta spécialité.
Mon Dieu ! je le veux bien ; mais que diable lui dire ?
Vanter son charme exquis, son hospitalité,
Son esprit enchanteur, sa grâce, son sourire...

Tout cela, c'est connu ; ce serait rabâcher,
Et je n'apprendrais rien à personne. — J'y pense
Au lieu de fatiguer ma cervelle à chercher

Des rimes, je prendrai sur son cou la licence
D'un baiser ; c'est moins dur à faire qu'un sonnet.
Et puis, ma foi ! tant pis si j'attrape un soufflet !

AUTRE NOCTURNE.

La lune, l'autre nuit, brillait dans un ciel pur;
Les étoiles d'argent scintillaient autour d'elle,
Pâles filles d'honneur, et, seul, mon chat Arthur,
Appelant sur les toits sa tardive Isabelle,
Bravait, grâce à l'amour, dix degrés Réaumur.

Soudain sur le balcon de la maison d'en face,
D'un casque-à-mèche orné, mon voisin apparut!
Or, sachez, s'il vous plaît, que, traducteur d'Horace
Et mortel immortel, il est de l'Institut :
Un classique transport illuminait sa face.

Quoi! tandis qu'Apollon s'abandonne au sommeil,
— Voyez Britannicus, — ou plutôt à Morphée,
S'exclamait le bonhomme, attends-tu le réveil
Du bel Endymion à la chaste nuée?
— Voir Girodet. — Réponds, Phébé, fille du ciel!

Toi, tu sais, repartit la lune, tu m'embêtes
Avec ton sot pathos! comme le sieur Courbet,

Réaliste je suis, et, parmi vos poëtes,
Un seul m'a su chanter ; c'est ce pauvre Musset :
Tu n'es bon qu'à rimer des cantates aux fêtes !

Et l'académicien de s'écrier : Venez !
Dieux de l'Olympe, à moi ! l'on m'a changé ma lune !
Et celle-ci de dire : Allons, vieux, c'est assez ;
Et si tu ne fais trêve à ta plainte importune,
J'empoigne une comète et te la fiche au nez !

DÉCADENCE DES LETTRES.

Héloïse, bravant l'oncle au couteau sévère,
Adorait Abeilard avant et même après ;
La noble châtelaine était douce au trouvère
Qui lui disait le soir tensons et virelais ;

Emma, fille du roi Charlemagne, s'honore
En aimant Eginhard ; au front d'Alain Chartier
Marguerite d'Écosse ose mettre un baiser ;
Dante avait Béatrix et Pétrarque avait Laure ;

Moi, poëte incompris, sans fortune et sans nom,
Pour maîtresse je n'ai qu'une obscure Toinon,
Princesse qui s'adonne à la blanchisserie ;

Et, lorsque pour savoir quel effet ils feront
Je lui lis mes sonnets, naïve, elle répond :
J'aimerais mieux deux sous de fromage de Brie !

EPISTOLE

A M. E. B.

La lettre qu'on reçoit est souvent un mystère ;
On la tourne et retourne et parfois on la flaire :
Si vous sentez l'odeur du musc, du patchouli,
C'est de quelque Cora. — Shame ! mais si le pli
Sent l'ognon ? — Ah ! fi donc ! seule une cuisinière
Prodigue à ses poulets ce parfum culinaire.

Quand je reçus la vôtre, en date du vingt-deux,
Je lui trouvai d'abord un air mystérieux :
Puis, comme elle exhalait l'arome du cigare
Et que, d'après le timbre, on l'avait mise au trou
Dans un quartier suspect, au carrefour Taitbout,
Je dis, c'est de Mathilde ! attendu qu'il est rare
Que l'infante n'ait pas la cigarette en main.
Sans doute elle m'écrit d'aller la voir demain,
Qu'elle m'aime et surtout que j'apporte le terme
Pour son propriétaire, implacable vautour...
Evviva ! le cachet rompu d'une main ferme,
Je découvre, non pas des mensonges d'amour,

Mais votre invitation ! adoncques je m'empresse
De répondre : « J'accepte, » en vers libres et fous,
Et, vous remerciant ainsi que la maîtresse
De maison, je demeure, amice, tout à vous.

MYTHOLOGIE.

Qu'est devenue, hélas! la belle que j'adore ?
Zéphyre, qui parcours la plaine et les vallons,
Réponds-moi, l'as-tu vue, et vous, charmante Florc,
Court-elle en ce bocage après les papillons ?

Pan me l'a-t-il ravie, ou quelque impur satyre
La tient-il enchaînée en pleurs au fond des bois ?
Dois-je pour la trouver descendre au sombre empire,
Empruntant d'Orphéus et la lyre et la voix ?

Ainsi pleurait l'amant dans sa peine cruelle ;
Lorsqu'au fond d'un verger l'amour guidant ses pas,
Il aperçut Écho ; la nymphe, parlant bas :

Dans ce lieu solitaire, entends-tu, lui dit-elle,
Comme une plainte vague exhalée à regret ?
C'est elle, — n'entre pas ! — Ça la dérangerait.

ILS SONT TROP VERTS, DIT-IL.

Que j'aurais donc plaisir à manger ma douzaine
D'huîtres d'Ostende avec du sauterne bien frais !
Après, je mangerais un potage à la reine
Ou plutôt à la bisque; et puis, je mangerais

Un turbot hollandaise, un filet, une dinde
A la chipolata, puis un perdreau truffé,
Le tout arrosé de bordeaux retour de l'Inde
Et suivi d'un dessert avec glace au café !

— Quel menu, mon ami ! c'est pantagruélique :
J'aperçois justement un restaurant très-chique
Et, si tu veux, je suis à ta disposition.

— Diable ! c'est que je fouille en vain mon haut-de-chausse,
Pas le sou ! — Moi non plus !... ah bah ! c'est trop de sauce !
Nous aurions eu peut-être une indigestion.

CLITANDRE ET ARGANTE.

DUO BOUFFE.

Il est doux de rêver dans l'ombre et le mystère
A l'objet adoré qui vous a pris le cœur !
= Il est doux le matin de prendre un bon clystère
Qui répand dans le corps une molle chaleur !

— L'amour porte en vos sens un trouble qui vous charme,
Vous brûlez de jouir du bonheur espéré.
= Vous sentez croître en vous une inquiétante alarme,
Avant-coureur certain de l'effet désiré.

— Soudain, ne pouvant plus maîtriser votre ivresse...
= Soudain, serrant les dents, serrant tout, l'œil hagard...
— Prenant votre manteau d'une main qui se presse...

= Saisissant un vélin, déjà presque en retard...
— Vous courez vous jeter aux pieds de votre belle !
= Vous prenez au galop l'omnibus de court-selle !

LES IMPRÉCATIONS D'EUSTACHE.

J'étais votre garçon, vous étiez ma patronne ;
A vous voir tous les jours trôner dans le comptoir,
Je devins amoureux, ô reine sans couronne,
Dont j'étais le Ruy Blas toqué d'un fol espoir !

Et quand j'osai parler, vous m'avez trouvé bête,
Vous m'avez trouvé laid, gauche et trop ras tondu ;
Je n'avais pas la raie au milieu de la tête,
Mon gilet n'était pas jusqu'au nombril fendu ;

Et vous m'avez chassé, sans pitié pour mes larmes !
Mais la vieillesse est là qui détruira vos charmes ;
La mort vous fauchera, malgré tous vos grands airs ;

Et je serai vengé, madame la revêche !
Oui, vos appas seront la pâture des vers !!
J'aurai des asticots pour aller à la pêche !!!

P. P. C.

Flaccus, sondant le temps de ses regards lucides,
Disait : Mes vers seront plus durables cent fois
Que les vases d'airain et que les pyramides,
Ces tombeaux que l'Égypte élevait à ses rois ;
Et Flaccus disait vrai : malgré la longue épreuve
De deux mille ans bientôt, on le lit, et la preuve
C'est qu'hier j'achetai ses œuvres — d'occasion ! —
Édition Garnier, avec la traduction,
Et que j'ai dû payer deux francs trente centimes.

O poëtes du jour, vous qui vendez vos rimes
Chez Lemerre ou Dentu, qui donc achètera
Vos œuvres dans un siècle ; et moi, fou téméraire,
Turlupin langoureux, vieux pitre et cætera,
N'aurais-je pas mieux fait, la tête la première,
De me jeter à l'eau, plutôt que d'affronter
Le public, ce Minos si fort à redouter ?

J'espère cependant que mes sonnets jocoses
Sauront vous dérider, lecteurs parfois moroses,

Et que ceux tristement écrits avec mes pleurs
Trouveront, señoras, le chemin de vos cœurs:
Ainsi, *mœsta læta,* tristes et gais, ensemble
Franchiront les écueils, et l'éditeur qui tremble,
Moins brave que le preux Godefroy de Bouillon,
Évitera de boire un funeste bouillon !

FIN.

TABLE.

I. — MŒSTA.

II. — LÆTA.

Paris. — Typographie Georges Chamerot, rue des Saints-Pères, 19.

www.ingramcontent.com/pod-product-compliance
Ingram Content Group UK Ltd.
Pitfield, Milton Keynes, MK11 3LW, UK
UKHW021232230726
13926UKWH00003B/1384